CÍRCULO *Luna Parque*
DE POEMAS *Fósforo*

Era uma vez no Atlântico Norte

Cesare Rodrigues

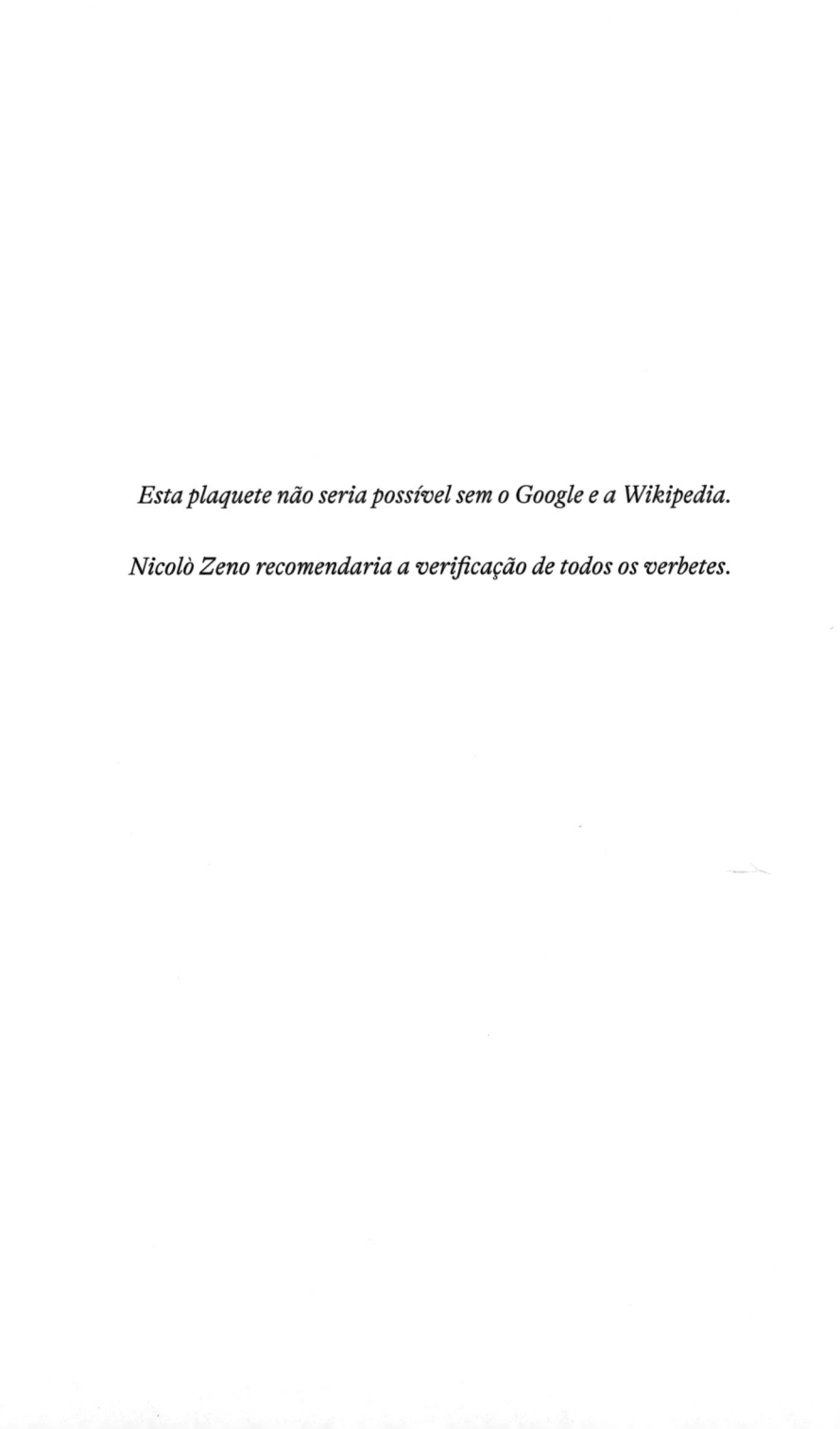

Esta plaquete não seria possível sem o Google e a Wikipedia.

Nicolò Zeno recomendaria a verificação de todos os verbetes.

Um quadro de Ticiano

Entre as obras de Ticiano,
o lendário pintor renascentista,
Giorgio Vasari enumera
na segunda edição de *Vidas dos artistas*
um retrato do historiador Nicolò Zeno.

Tão comum quanto tantos retratos
que Ticiano e outras lendas registraram
dos homens ricos de seu tempo,
este esteve perdido por séculos
em um castelo inglês
sem que os donos nada soubessem
a respeito de quem o pintou
ou foi pintado.

Identificado em 1996,
o retrato, pintado por volta de 1550,
foi atribuído a Ticiano só em 2008,
com a descoberta do testamento
de um herdeiro de Nicolò Zeno,
e hoje pertence ao National Trust
após a verificação dos especialistas.

Por sorte, também encontraram um outro retrato
para confirmar quem era o retratado.

Nicolò Zeno, o Novo

Quando Nicolò chegou à vida adulta
os Zeno já não estavam mais no auge da opulência,
mas o sobrenome importante e a vívida oratória
garantiram-lhe a influência
para ainda jovem
chegar a senador.

Filho do homem de letras Caterino Zeno,
Nicolò teve formação em humanidades e ciências,
atuou como engenheiro hidráulico, comissário do arsenal,
foi membro do Conselho dos Dez
e defendeu a paz com os otomanos no senado.

Voto vencido, debruçou-se anos depois
a escrever a história dessa derrota
que iniciaria o declínio da Sereníssima.

Nossa história começa quando,
pesquisando nos arquivos da família,
Nicolò encontra uma série de cartas
trocadas quase dois séculos antes
por seus famosos antepassados
Carlo, Antonio e um antigo Nicolò,
relatando intrigas, aventuras e descobertas,
cuja publicação
torna nosso protagonista
uma celebridade mundial.

A aventura

Carlo Zeno já era um conhecido aventureiro
quando seus irmãos mais novos,
Antonio e Nicolò,
se meteram a desbravar o Atlântico Norte.
Suas aventuras renderiam por si um longo relato,
mas pouco interferem no fluxo de nossa história.

Nas primeiras cartas, o antigo Nicolò conta
que depois de partir de Veneza à Inglaterra,
na primavera de 1383,
é pego por uma tempestade vinda do canal da Mancha
e encalha em Frislândia, onde, por sorte,
é resgatado, junto da tripulação, por Zichmni,
descrito como o senhor de diversas ilhas da região,
e levado à cidade de Porlanda,
onde se junta ao projeto de dominação daqueles mares
liderado por seu salvador.

Descreve com detalhes a população, clima, vegetação
de cada ilha que visita
e convida o irmão Antonio a juntar-se a eles.

Antonio chega em 1384
e lidera, ao lado de Zichmni,
a tomada de Estilândia e outras ilhas menores,
mas fracassam na tentativa de tomar a Islândia e retornam.
É ele quem também conta ao irmão Carlo
sobre um encontro com um pescador
que retornava após 25 anos em terras a oeste,

onde fora resgatado de um naufrágio
e levado a uma cidade populosa
habitada por seres engenhosos,
que cultivavam arte, extraíam metais,
semeavam trigo, fermentavam cerveja.
O pescador garantia que havia livros latinos na
biblioteca do rei,
mas que lá ninguém mais os entendia.

Contou também que em outra ilha,
ainda mais ao ocidente,
encontrou animais estranhos
e nativos canibais,
dos quais só conseguiu escapar
depois de ensiná-los a pescar.

Empolgados com o relato,
Antonio e Zichmni partem
em direção ao desconhecido,
mas não conseguem desembarcar no ocidente,
assustados pela animosidade da população local.

Retornam em direção à Groenlândia, onde se separam,
ficando Zichmni para estabelecer uma colônia
e Antonio retornando a Frislândia
com parte da tripulação.

Essa é a última informação que temos de Zichmni.

Sobre Antonio e Nicolò as histórias se desencontram.

Antonio, ao que parece,
morreu em 1404,
antes de retornar a Veneza.

A despeito de uma versão em que teria morrido em Frislândia,
ainda em 1394,
o antigo Nicolò teria retornado a Veneza,
onde foi processado por peculato
e escreveu de próprio punho o testamento
logo antes de morrer,
em 1403.

O mapa

Junto das cartas, o novo Nicolò
encontra também o suposto mapa
que o antigo Nicolò teria enviado
para que Antonio o encontrasse.

Conhecido como o "Mapa de Zeno",
o *Septentrionalium partium nova tabula*
é publicado pela primeira vez em 1558,
após a descoberta tardia.

Registra parte do Atlântico Norte,
destacando a nordeste a já bem conhecida Escandinávia,
ao norte a Groenlândia,
ao centro a Islândia,
com Frislândia ao sul
e o sudoeste tomado por outras ilhas desconhecidas
ou cujos nomes podem ter sido confundidos.

Já circulavam na época outros mapas da área,
mas nenhum tão completo e detalhado
quanto o publicado por Nicolò Zeno.

A novidade se espalhou rápido
e logo todos os maiores cartógrafos da Europa
tinham a sua própria versão do mapa,
já validado pelos especialistas
e devidamente publicado nos primeiros atlas,
que vinham sendo organizados
por lendas como Ortelius e Mercator.

O atlas

O *Theatrum orbis terrarum* foi a primeira publicação
reunindo mapas do mundo todo
no conceito do que hoje se considera um atlas.

Originalmente impresso em 20 de maio de 1570,
em Antuérpia, nos Países Baixos,
o seminal atlas de Abraham Ortelius
recolhe além de centenas de páginas
dedicadas a geografia, geologia, cosmologia etc.,
53 mapas de outros mestres
em acabamento caprichado,
organizados por continente e região,
e gravados por Frans Hogenberg.

Nunca antes o mundo pareceu tão pequeno.

Vivendo um período fecundo de descobertas,
Ortelius continuou ampliando o projeto,
deixando, ao morrer, 25 edições
e traduções para inglês, alemão, francês e outros idiomas.

Em seu mapa-múndi,
baseado no do veneziano Giacomo Gastaldi, 1561,
os polos têm tamanho infinito
e a América, um formato interessantemente imaginado.

Seu Atlântico Norte tem o "Mapa de Zeno" em destaque,
com Frislândia em sua mais bem-acabada versão,
que circularia até séculos mais tarde.

Ainda por várias décadas após a morte de Ortelius o *Theatrum orbis terrarum* gozaria de amplo sucesso, ofuscando outros bons atlas que viriam a aparecer.

Cartógrafos

Outra lenda da cartografia e principal influência de Ortelius,
Gerardus Mercator começou seu projeto antes
e levou a cartografia a lugares inimagináveis,
mas só à beira da morte, em 1595, publicaria seu *Atlas*,
nomeado em homenagem ao titã, o primeiro geógrafo.

Como Ortelius, Mercator viajou pouco.
Seu impressionante conhecimento geográfico vinha de sua
[biblioteca,
das conversas com visitantes que recebia do mundo todo
e da correspondência trocada em diversos idiomas
com estudiosos, viajantes, marinheiros, mercadores.

Já em meados dos 1500 fazia globos terrestres e celestes
[admiráveis,
além de ter desenvolvido instrumentos
como astrolábios e anéis astronômicos.

Precisou mudar algumas vezes de cidade,
perseguido pela Inquisição
por supostamente simpatizar com as ideias de Lutero.

Além da geografia, era estudioso aplicado da Bíblia
e interessado em teologia, filosofia, história, matemática,
[geomagnetismo.
Era também um talentoso gravurista e calígrafo.

Seu mapa-múndi de 1569 propõe uma nova projeção,
que definiria a forma de representar o mundo a partir de
[então.

Voltado ao uso dos navegantes,
destaca Frislândia no Atlântico Norte,
como era de se esperar de alguém tão atualizado.

Já reconhecido em vida,
Gerardus Mercator dá nome a ruas, praças, universidades,
[pizzarias,
uma companhia de seguros, um besouro,
um caracol venenoso,
um asteroide.

Uma moeda alemã tem o verso em sua homenagem,
mas o mapa nela gravado não está representado em sua
[projeção.

A ilha

Em uma viagem em julho de 1576
o explorador inglês Martin Frobisher
avistou a costa montanhosa de Frislândia,
tal como descrita no "Mapa de Zeno".

George Best, o cronista de uma segunda expedição de
[Frobisher,
descreveu a costa como "muito agradável".

Dois anos depois, ao passar novamente por lá,
Frobisher reclamou Frislândia em nome da rainha
[Elizabeth,
passando a ilha a fazer parte do Império Inglês.

Descrita por Nicolò Zeno como uma ilha quase retangular,
com três promontórios triangulares na costa ocidental,
um pouco maior do que a Irlanda,
Frislândia se destaca ao sul do mapa
e, de fato, merece o destaque,
sendo o ponto de virada na aventura.

Também chamada em outros mapas
como Frisland, Frischlant, Friesland, Frislanda ou Fixland,
Frislândia foi algumas vezes confundida com a Frísia,
o sul da Groenlândia,
uma das ilhas Faroé.

Esteve nos mapas manuscritos da família Maggiolo, de
[Gênova,

na década de 1560,
sendo depois reproduzida por Gerardus Mercator e
[Jodocus Hondius.
Willem Blaeu a omitiu em alguns de seus primeiros mapas,
mas lá está Frislândia no seu mapa do mundo de 1630,
como uma das muitas ilhas ao largo da costa oriental de
[Labrador.
Depois apareceu num mapa mundial de 1652 de Visscher,
em grande parte copiado do de Blaeu.
Vincenzo Coronelli, em 1693, a coloca mais próxima da
[Groenlândia.
Frederick J. Pohl a referiu como "Fer Island",
talvez confundindo com a moderna ilha de Fair Isle,
situada entre Shetland continental e as ilhas Orkney.

Mas foi mesmo após o sucesso do atlas de Ortelius
que a ilha do mapa de Nicolò Zeno
conquistou de vez seu lugar na história.

Ilhas fantasmas

Diferente de terras perdidas ou desaparecidas,
tragadas pelo mar
ou destruídas de outras formas,
uma ilha fantasma é aquela
cuja existência em algum momento foi afirmada,
mas depois descobriram nunca ter existido.

Originadas em relatos de aventureiros, viajantes,
                          [pescadores, marinheiros,
resultam de erros de navegação,
observações equivocadas,
desinformação não verificada,
ou fabricação deliberada,
chegando a permanecer por séculos nos mapas.

Algumas podem ser puramente míticas,
como a lendária Atlântida,
ou a ilha dos Demônios,
perto da Terra Nova,
que seria baseada nas lendas
sobre ilhas mal-assombradas na região.

Ainda que visível apenas um dia a cada sete anos,
Hy-Brasil costumava aparecer em mapas,
a oeste da Irlanda.

Diziam os mitos que no resto do tempo a ilha se
escondia na névoa,
mas mesmo quando visível
não podia ser alcançada.

Observada no mar de Weddell em 1823,
mas nunca mais vista,
a Nova Groenlândia do Sul pode ter sido uma miragem.

O explorador grego Píteas reportou no século IV a.C.
a existência da ilha de Thule,
mas perdeu-se a informação sobre sua suposta localização.

Desde então, especulam tratar-se das ilhas Shetland,
ou talvez da Islândia, Escandinávia,
talvez até mesmo de um chiste.

Durante muitos anos a ilha Phelipeaux esteve nos mapas
                                  [dos exploradores
e serviu como marco para a fronteira
entre os Estados Unidos
e o que se tornaria o Canadá,
até que os agrimensores confirmassem sua inexistência.

A ilha de Pepys foi uma identificação errada das ilhas
                                      [Falkland.
Ou Malvinas.

A ilha de Waits chegou a ser visitada pelo explorador
                                  [Nicholas Cavendish,
que publicou ainda no século XVI informações detalhadas
                                          [sobre a costa.
Afirmou ter aprendido com os locais como fazer fogo
                                        [sobre a água
e as regras de um jogo de estratégia parecido com o xadrez.
Não há mais informações sobre o jogo
nem outro registro de alguém que tenha passado por ali.

Em alguns mapas muito antigos
as penínsulas de Banks e da Baixa Califórnia aparecem
[como ilhas.
Talvez porque ainda não estivessem ligadas à terra.

Depois de ter sido visitado por Sir Francis Drake em 1578,
o banco de areia Pactolus foi engolido pelo mar,
mas demorou mais alguns séculos
para desaparecer também dos mapas.

Uma carta catalã de 1480 nomeia duas ilhas como "Illa
[de Brasil",
uma a sudoeste da Irlanda
e uma ao sul da "Illa Verde", ou Groenlândia.
Como em outros mapas, ela aparece circular,
com um estreito central ou um rio atravessando seu
[diâmetro.
Apesar do fracasso das tentativas de encontrá-la,
apareceu regularmente nos mapas até 1865.

Em 1674, numa viagem da França à Irlanda,
o capitão John Nisbet afirmou ter visto a ilha,
relatando que era habitada por enormes coelhos negros
e um mágico, que vivia sozinho em um castelo de pedra.

Mesmo apagada há séculos dos mapas
e depois de inúmeras expedições infrutíferas,
ainda há quem procure,
na costa noroeste da África,
pela ilha visitada por São Brendan
em suas viagens no século VI,
seduzidos pelas lendas.

Em alguns casos os cartógrafos intencionalmente inventam [detalhes nos mapas, seja para buscar fama, tirar vantagem, identificar plagiários, ou por pura diversão.

Cabe ao aventureiro escolher em qual fantasma acreditar.

A cena

Agora todos já devem ter percebido que Frislândia também
[nunca existiu.

Não é fácil manter o suspense como em Hollywood.

Já que é assim, chegamos à cena principal:

a risada ecoando pelos corredores do palácio da família
[Zeno
enquanto Nicolò caprichosamente desenha Frislândia no
[mapa
e coloca a família na história.

Memorável.

Ticiano bem que podia ter registrado esse momento.

Notas de leitura e verificação de verbetes

Notas de leitura e verificação de verbetes

Notas de leitura e verificação de verbetes

Notas de leitura e verificação de verbetes

Copyright © 2023 Cesare Rodrigues

Todos os direitos reservados. Nenhuma parte desta obra pode ser reproduzida, arquivada ou transmitida de nenhuma forma ou por nenhum meio sem a permissão expressa e por escrito da Editora Fósforo e da Luna Parque Edições.

EQUIPE DE PRODUÇÃO
Ana Luiza Greco, Fernanda Diamant, Isabella Martino, Julia Monteiro, Leonardo Gandolfi, Mariana Correia Santos, Marília Garcia, Rita Mattar, Zilmara Pimentel
REVISÃO Eduardo Russo
IMAGEM DA CAPA P.J. Mode collection of persuasive cartography, #8548. Division of Rare and Manuscript Collections, Cornell University Library
PROJETO GRÁFICO Alles Blau
EDITORAÇÃO ELETRÔNICA Página Viva

A marca FSC® é a garantia de que a madeira utilizada na fabricação do papel deste livro provém de florestas gerenciadas de maneira ambientalmente correta, socialmente justa e economicamente viável e de outras fontes de origem controlada.

Dados Internacionais de Catalogação na Publicação (CIP)
(Câmara Brasileira do Livro, SP, Brasil)

Rodrigues, Cesare
  Era uma vez no Atlântico Norte / Cesare Rodrigues. —
1. ed.. — São Paulo : Círculo de poemas, 2023.

  ISBN: 978-65-84574-56-4

  1. Poesia brasileira I. Título.

23-148445   CDD — B869.1

Índice para catálogo sistemático:
1. Poesia : Literatura brasileira   B869.1

Eliane de Freitas Leite — Bibliotecária — CRB-8/8415

CÍRCULO *Luna Parque*
DE POEMAS *Fósforo*

circulodepoemas.com.br
lunaparque.com.br
fosforoeditora.com.br

Editora Fósforo
Rua 24 de Maio, 270/276, 10º andar
01041-001 — São Paulo/SP — Brasil

CÍRCULO *Luna Parque*
DE POEMAS *Fósforo*

LIVROS

1. **Dia garimpo**
Julieta Barbara

2. **Poemas reunidos**
Miriam Alves

3. **Dança para cavalos**
Ana Estaregui

4. **História(s) do cinema**
Jean-Luc Godard
(trad. Zéfere)

5. **A água é uma máquina do tempo**
Aline Motta

6. **Ondula, savana branca**
Ruy Duarte de Carvalho

7. **rio pequeno**
floresta

8. **Poema de amor pós-colonial**
Natalie Diaz
(trad. Rubens Akira Kuana)

9. **Labor de sondar [1977-2022]**
Lu Menezes

10. **O fato e a coisa**
Torquato Neto

11. **Garotas em tempos suspensos**
Tamara Kamenszain
(trad. Paloma Vidal)

12. **A previsão do tempo para navios**
Rob Packer

13. **PRETOVÍRGULA**
Lucas Litrento

14. **A morte também aprecia o jazz**
Edimilson de Almeida Pereira

15. **Holograma**
Mariana Godoy

16. **A tradição**
Jericho Brown

17. **Sequências**
Júlio Castañon Guimarães

PLAQUETES

1. **Macala**
Luciany Aparecida

2. **As três Marias no túmulo de Jan Van Eyck**
Marcelo Ariel

3. **Brincadeira de correr**
Marcella Faria

4. **Robert Cornelius, fabricante de lâmpadas, vê alguém**
Carlos Augusto Lima

5. **Diquixi**
Edimilson de Almeida Pereira

6. **Goya, a linha de sutura**
Vilma Arêas

7. **Rastros**
Prisca Agustoni

8. **A viva**
Marcos Siscar

9. **O pai do artista**
Daniel Arelli

10. **A vida dos espectros**
Franklin Alves Dassie

11. **Grumixamas e jaboticabas**
Viviane Nogueira

12. **Rir até os ossos**
Eduardo Jorge

13. **São Sebastião das Três Orelhas**
Fabrício Corsaletti

14. **Takimadalar, as ilhas invisíveis**
Socorro Acioli

15. **Braxília não-lugar**
Nicolas Behr

16. **Brasil, uma trégua**
Regina Azevedo

17. **O mapa de casa**
Jorge Augusto

Você já é assinante do Círculo de poemas?

Escolha sua assinatura e receba todo mês em casa nossas caixinhas contendo 1 livro e 1 plaquete.

Visite nosso site e saiba mais:
www.circulodepoemas.com.br

CÍRCULO *Luna Parque*
DE POEMAS *Fósforo*

Este livro foi composto em GT Alpina
e GT Flexa e impresso pela gráfica Ipsis
em março de 2023. Cabe aos aventureiros
escolher em qual fantasma acreditar.